24/2 - Zartharte Liebe

AF170634

H.R. Gérard & Eve Bourgeon

24/2

Zartharte Liebe

Erzählung

Bibliografische Information der Deutschen Nationalbibliothek:
Die Deutsche Nationalbibliothek verzeichnet diese Publikation in der
deutschen Nationalbibliografie; detaillierte bibliografische Daten sind im
Internet über www.dnb.de abrufbar.

© 2015 H.R. Gérard
Herstellung und Verlag:
BoD – Books on Demand, Norderstedt

ISBN: 978-3-7347-9372-1

Er wachte auf und blieb mit geschlossenen Augen liegen, um die morgendlichen Geräusche ungestört in sich aufnehmen zu können. Unter dem Rascheln der Blätter und dem geschäftigen Zwitschern der Vögel vernahm er deutlich ihre ruhigen Atemzüge. Er drehte sich auf die Seite, zu ihr, um sie anzusehen. Sie schlief noch fest, und er betrachtete sie eine Weile, beobachtete eine Haarsträhne, die sich durch ihren Atem leicht hin und her bewegte. Sie war wunderschön, wenn sie schlief.

Es schien, als würde sie seinen Blick im Schlaf spüren, sie wurde wach – vielleicht waren es auch die tanzenden Sonnenstrahlen auf ihrer Haut, die sie geweckt hatten. Sie lächelte ihn ruhig an, schien das Ritual für einen Moment vergessen zu haben, doch dann wandte sie sich zu ihrer Seite des Bettes und griff nach ihrem auf dem Nachtschränkchen liegenden Halsband.

Doch er hielt ihre Hand fest.

»Heute will ich keine Sklavin.«

Sie blickte ihn an, und in ihrem Gesicht stand für einen Augenblick Erstaunen, bevor sie zu ihrem vorherigen Lächeln zurückkehrte. Nein – es war ein neues Lächeln, in ihren Augen schien ein anderer Glanz zu liegen, als zuvor. Bevor er sie daran hindern konnte, sprang sie mit einer schnellen Bewegung aus dem Bett und huschte aus dem Zimmer. Wie immer, wenn sie das Wochenende bei ihm verbrachte, trug sie eines seiner für sie viel zu großen Hemden. Und obwohl ihm klar war, dass seine Einbildung ihm einen Streich spielte, glaubte er, den weiten Stoff flattern zu hören, als sie durch die offene Tür verschwand. Das Klappern aus der Küche zeigte an, dass seine Befürchtung richtig gewesen war, sie bereitete das Frühstück vor. Enttäuscht drehte er sich wieder auf den Rücken und starrte auf die Tapete an der Decke des Schlafzimmers. Er hatte sie mit einem Frühstück im Bett überraschen wollen – vielleicht, denn es wäre möglicherweise tatsächlich übertrieben gewesen. Auf jeden Fall sollte dieses Wochenende anders werden, als die vielen Wochenenden zuvor.

»Manchmal beneide ich andere Paare.«

Er hatte sie am Vortag, wie an jedem Freitag, vom Bahnhof abgeholt, und auf dem Weg zum Auto waren sie an einem frischverliebten, Händchen haltenden Pärchen vorbei gegangen. Die beiden schienen heillos verliebt, versunken in ihrer eigenen kleinen Realität aus Harmonie und Selbstvergessenheit. Sie hatte sie angesehen, und ihr Blick hatte seltsam traurig gewirkt, als die Worte einige Schritte später aus ihrem Mund gekommen waren. Er hatte nicht darauf geantwortet, aber der Satz hatte sich in seinen Kopf gebrannt, ihn nicht wieder losgelassen, ihn später am Einschlafen gehindert und einen Entschluss in ihm reifen lassen.

Eine ganz normale Beziehung – es war nicht das, was er sich erträumt hatte, es war nicht das, was sie lebten. Was sie lebten, war etwas anderes, war etwas, dass auf sie beide einen unwiderstehlichen Reiz ausgeübt hatte, von dem sie geglaubt hatten, dass er sich niemals im Alltag würde verlieren können. Aber es war anders gekommen. Der gewohnte Ablauf nagte an ihnen, nagte an ihrer Beziehung, an ihrer Liebe zueinander. Er hatte es gespürt, lange bevor jener Satz gefallen war. Würde er sie verlieren? Sie war sein

Leben, sie war der Angelpunkt, ohne den er verloren dahin treiben würde, wie ein einsames Stück Holz im trüben Strom des Lebens.

Eine ganz normale Beziehung – mit ihr – ja, verdammt, mit ihr schien auch das möglich.

Er stand auf und ging zu ihr in die Küche. Sie hatte den Tisch sorgfältig hergerichtet, es gab Toast, frisch gepressten Orangensaft und dunklen, verführerisch duftenden Kaffee. Sie schien wie verwandelt, hatte alle Unterwürfigkeit abgelegt, wie ein zu eng gewordenes Kleidungsstück. Ihr Verhalten irritierte ihn, denn er hatte geglaubt, sie sanft zum Ziel führen zu müssen.

In seiner Vorstellung hatte er sich ausgemalt, wie er sie immer wieder aufs Neue davon würde abhalten müssen, ihm auf vielerlei Art ihren Gehorsam, ihre Hingabe zu ihm zu beweisen. Dass sie nun von einem Moment auf den anderen ihre Identität wechselte, war seltsam, beinahe unglaubwürdig. Vielleicht war er noch nicht wach, vielleicht war das hier einer jener realistischen Träume, die einem morgens vor dem Wachwerden durch den Kopf flogen. Kurze Episoden voll mit Bildern, Geräuschen und Gerüchen, die so echt waren, dass man zuckend und orientierungslos erwachte, nur um die Augen wieder zu schließen und in die nächste Geschichte hinein zu dämmern.

Er umschloss mit der Hand seinen Kaffeebecher und löste seinen Griff erst wieder, als das Gefühl von Hitze allmählich in Schmerz überging. Zu real für einen Traum. War das eines ihrer vielen Spiele, mit denen sie ihn so gern in die Irre führte? Er kannte sie nun schon so lange, aber wirklich verstehen würde er sie wohl nie. Immer wenn er glaubte, sie endlich zu kennen, zeigte sie ihm eine neue Seite, überraschte sie ihn.

Nun also ein ganz normales Wochenendfrühstück eines ganz normalen Paares – nicht die schlechteste Art, einen Tag zu beginnen. Sie redeten und lachten, und seine Unsicherheit wich Stück für Stück einer eigenartigen Beschwingtheit, einem Gefühl von Freude und neu erwachtem Optimismus. Das Radio – sie hatte tatsächlich ohne jede Scheu den Sender verstellt – spielte jene Art nichtssagenden Einheits-Pop, den er normalerweise nicht länger als zehn Minuten ertragen konnte, doch der ihm heute melodisch erschien, ihn beinahe zum Mitsummen animiert hätte.

Das hier war gut – es war ungewohnt und erinnerte in unerquicklicher Weise an längst vergangene Beziehungen. An jene Verbindungen, in denen er sich hatte verstellen müssen, da er es nicht gewagt hatte, seine Wünsche zu offenbaren und damit sein inneres Selbst zu entblößen. Aber das war die Vergangenheit. Das hier war anders, denn sie kannte ihn, kannte jede Facette seines Wesens – auch jene triebhafte, wilde Seite, die er vor anderen stets verborgen hatte und die er abseits ihrer Zweisamkeit auch jetzt noch sorgfältig versteckte.

Sie saß mit ihrem Liebsten am Frühstückstisch, während im Hintergrund das Radio vor sich hin dudelte. Sie fand es einfach herrlich bei ihm, denn sie fühlte sich wohl in seiner Nähe, geliebt und geborgen.

Er warf ihr sein unwiderstehliches Grinsen zu, das sie zu jeder Zeit aufmunterte, egal was vorher gewesen war. Sie saßen nun an seinem Tisch wie ein ganz normales Liebespaar. Das erste Mal war dies der Fall. Das erste Mal so ganz ohne ihre übliche Rollenverteilung. Was war geschehen, was hatte er vor? War es dieser beiläufige Satz gewesen, den sie gestern hatte fallen lassen, als dieses verliebte Pärchen an ihnen vorbei lief? Dass sie manchmal andere Paare beneiden würde? Sie hatte diese Episode schon beinahe vergessen gehabt, hatten ihre Worte so einen bleibenden Eindruck auf ihn gemacht?

Etwas fehlte ihr, und nach einigem Überlegen wurde ihr klar, dass es ihr Halsband war. Sie war gewohnt, es zu tragen, wenn sie bei ihm in seiner Wohnung war. Es war zu einem Teil von ihr geworden, und nun saß sie an seinem Küchentisch ohne diesen Schmuck. Er wollte also heute keine Sklavin. Aber was wollte er dann?

Sie liebte ihre gemeinsamen Wochenenden. Sie liebte sie genau so, wie die beiden sie von Beginn ihrer Beziehung an gestalteten – eine kleine Welt, in der er ihr Herr war und sie seine Sklavin sein durfte. Es war immer schon das, was sie gehofft hatte, zu finden. Und doch – manchmal, nur manchmal, war da eine Sehnsucht in ihr, die Sehnsucht nach ein wenig „Normalität". Aber was bedeutete schon normal? War nicht alles irgendwann normal, sofern man es lange genug praktizierte?

Er war ihr Geliebter und ihr Gebieter – seit langem schon. Sie gehorchte ihm mit ihrem Herzen und ihrer Seele. Es berührte ihr Innerstes, wenn sie vor ihm knien durfte. Wenn er sie, nachdem er sie für ihre Verfehlungen bestraft hatte, in den Arm nahm und sie hielt. Seine harte und unnachgiebige Art auf der einen und die Liebe, die er ihr immer wieder schenkte, auf der anderen Seite machten sie glücklich.

Sie wusste nicht, woher ihr Bedürfnis kam, aber sie spürte den Drang danach schon lange, nicht erst, seit sie ihn kannte. In keiner Beziehung vor ihm hatte sie das gefunden, wonach sie gesucht hatte. Keiner der Männer, mit denen sie früher zusammen gewesen war, konnte ihr das geben, was sie brauchte. Es war Balsam für ihre Seele, sich aufzugeben für ihren Herrn, ihm zu dienen, für ihn da zu sein, was auch immer er von ihr wollte. Sich ihm zu unterwerfen und ihm zu gehorchen bis zum Äußersten, erfüllte sie stets mit Stolz.

Und heute war alles anders. Er hatte nicht einmal ein Wort darüber verloren, dass sie seinen Radiosender verstellt hatte. Gemerkt hatte er es bestimmt, dessen war sie sich sicher.

Sie genossen das gemeinsame Frühstück, und es lag eine Unbeschwertheit in der Luft, die man fühlen konnte. Er war richtig gut drauf. Sie genoss die gelöste Stimmung, innerlich jedoch erfüllte sie Unruhe. Würde sich etwas grundlegend verändern? Wollte er ihr nur einen Gefallen erweisen, oder war das hier die Zukunft? Sie glaubte, ihn gut zu kennen, auch wenn sie sich nur am Wochenende sahen. Vielleicht kannte sie ihn nicht gut genug.

Ein ganz normales Liebespaar! Sie fand es schön, jedoch war es ungewohnt. So ganz konnte sie nicht aus ihrer Haut und musste sich zusammenreißen, um nicht wieder in ihre Rolle zu verfallen. Als ihm sein Kaffeelöffel herunterfiel, war sie kurz davor, sofort aufzuspringen, um ihn aufzuheben. Sie unterdrückte den Reflex und redete weiter, erzählte von ihrer Freundin, mit der sie sich einmal die Woche traf. Er hob den Löffel selbst auf und hörte ihr weiterhin zu.

Sie sah ihm in die Augen und versuchte zu erahnen, was er dachte. Aber sie sah nur seine strahlenden Augen, sein Lächeln, in das sie sich damals, als sie sich das erste Mal sahen, sofort verliebte. Ihr Geliebter, ihr Herr machte sie so glücklich.

Er hatte sie in seine Welt gezogen, aus der sie nicht mehr weg wollte. Immer von Freitag bis Sonntag war sie nur sein, seine Sklavin und Geliebte. Fernab jeder anderen Realität. Nur sie beide zählten. Die Erfüllung, die sie durch ihn erfuhr, ließ sie manchmal fast abheben. Ihre Verbundenheit bedurfte keiner Fesseln und Seile, sie konnte sie jederzeit spüren. Und doch liebte sie die Fesseln, in die er sie nur zu gern legte.

So viele Gedanken schwirrten in ihrem Kopf herum. Ja, ihr gefiel auch diese Normalität, die an diesem Morgen zwischen ihnen herrschte. Vielleicht würde ihnen Abwechslung ganz gut tun, vielleicht war es möglich, ihr Spiel von Zeit zu Zeit zu pausieren. Sie würden neue Seiten aneinander kennenlernen, es würde ihrer Beziehung gut tun, sie auf eine neue Ebene heben, jenseits reinen Spiels. Aber wollte sie das wirklich, wollte ER es?

War sie in der Lage ihn ein wenig zu provozieren, um genau das herauszufinden? Es reizte sie so sehr, auszuprobieren, wie weit sie bei ihm gehen konnte. So wie es sie auch sonst manchmal reizte, ihn ein wenig zu provozieren, so dass er sie bestrafen musste. Allein der Gedanke daran ließ ihr eine kleine Hitzewallung durch den Körper strömen. Sie lächelte ihn an, schelmisch und herausfordernd.

Sie hoffte sehr, dass er verstand!

Als es an der Tür klingelte, war es beinahe Mittag. Sie stand gerade unter der Dusche und sang lauthals und ungeniert eines dieser Lieder aus dem Radio. Er hatte begonnen, den Tisch abzuräumen – jede Ablenkung, die ihn daran hinderte, allzu genau ihrer Stimme zu lauschen, war ihm willkommen. Er hatte es bisher nicht übers Herz gebracht, sie auf ihre gelegentlichen Misstöne hinzuweisen, und heute war bestimmt nicht der Tag, um damit anzufangen.

Er ging an die Tür, um zu öffnen. Erst nachdem die Tür bereits offen stand, wurde ihm bewusst, dass sich seine Bekleidung immer noch auf Shorts und T-Shirt beschränkte. Der Fahrer des Paketdienstes musterte ihn abschätzend, während er den Empfang der Sendung bestätigte, aber er ignorierte den aufdringlichen Blick. Zurück in der Küche betrachtete er verwundert das Paket – es war an ihn adressiert, aber er konnte sich nicht erinnern, etwas bestellt zu haben.

Mit dem Brötchenmesser öffnete er neugierig den Karton. Obenauf lag eine Rechnung, mit seinem Namen darauf. Das musste ein Irrtum sein. Darunter High Heels – nun ja, das war zu erwarten, er kannte den Online-Shop, von dem die Sendung stammte. Ein kurzer Blick auf die Rechnung bestätigte ihm, dass der Begriff „Pfennigabsätze" zumindest im Falle dieser beiden beeindruckenden Stücke in keinem Zusammenhang zum Preis stand. Er riss die undurchsichtige Folie des am Boden des Kartons liegenden Päckchens auf, um zu sehen, was sich darin verbarg. Zum Vorschein kamen eine schwarze Korsage und ein dazu passender String, der aus so wenig Stoff gemacht war, dass er wahrscheinlich das teurere der beiden Kleidungsstücke gewesen war.

Sie würde in diesen Sachen atemberaubend aussehen, ohne Zweifel, aber trotzdem stieg Ärger in ihm hoch. Warum hatte sie die Sachen auf seine Rechnung bestellt?

Sie verdiente genug Geld, vermutlich mehr als er selbst. Dunkel getäfelte Anwaltskanzleien – luxuriöse Firmenwagen – teure Business-Kostüme – in schneller Folge flogen die Bilder und Assoziationen an seinem geistigen Auge vorbei, einige, weil er sie aus ihren seltenen Erzählungen kannte, andere, weil sie den Vorurteilen entsprachen, die er gegenüber ihrer Berufsgruppe über Jahre kultiviert hatte und immer noch pflegte. Juristen.

Es entbehrte nicht einer gewissen Ironie, dass der wichtigste Mensch in seinem Leben einen Beruf ausübte, gegen den er zeit seines Lebens nichts als Abneigung verspürt hatte. Hätte er damals geahnt, womit sie ihr Geld verdiente, sie wären niemals ein Paar geworden, aber als er davon erfuhr, hatte sie ihn schon längst in ihren Bann gezogen.

Es war zwischen ihnen nie Thema gewesen, denn die Wochenenden bei ihm waren ihr wahres Leben, ihre Auszeit, in der sie ungezwungen die Maske der taffen Karrierefrau ablegen konnte und nur sie selbst war. Aber sie spielte ihre Rolle mühelos, hatte die für ihren Alltag benötigte Fassade sorgfältig aufgebaut, mit Details geschmückt und schließlich perfektioniert. Sie war gut – er hegte keinerlei Zweifel daran, dass sie die Kleidungsstücke auf eigene Rechnung hätte bestellen können, um die Kosten anschließend als – was auch immer – noch steuerlich geltend zu machen. Trotzdem hätte er ihr jederzeit diese Dessous bezahlt, wenn sie ihn nur gefragt hätte. Er wusste, sie gab nur ungern Geld aus, wahrscheinlich eine schwer abzulegende Angewohnheit aus schlechteren Zeiten. Aber das konnte nicht ihr Beweggrund gewesen sein – sie hatte höchstwahrscheinlich etwas anderes im Sinn gehabt, als sie die Bestellung aufgegeben hatte. Sie liebte es, ihn zu provozieren, ihn herauszufordern, es war ein Teil ihrer Beziehung. Allerdings hatte sie sich dabei bisher auf Kleinigkeiten beschränkt.

An jedem normalen Wochenende hätte er eine Gelegenheit wie diese ohne zu zögern beim Schopf ergriffen. Aber heute war kein Tag wie jeder andere. Er war ernsthaft verärgert, beinahe wütend. Es war nicht nur die Tatsache, dass er nicht wohlhabend genug war, als das ein paar hundert Euro mehr oder weniger auf seinem Konto keine große Rolle für ihn spielen würden. Er hatte diesen Tag geplant, hatte ihn in Gedanken durchgespielt, hatte an alle Eventualitäten gedacht – das hatte er zumindest geglaubt.

Stirnrunzelnd betrachtete er die auf dem Tisch liegenden Sachen. Er würde sie bestrafen – ja, er würde den Ball aufnehmen, den sie ihm zugespielt hatte. Aber das Spiel würde nach seinen Regeln gespielt werden – womöglich würde sie diesen Zug bereuen. Er würde sie seinen Ärger fühlen lassen, hart und unerbittlich.

Ihm wurde bewusst, dass der Gedanke daran ihn erregte. Er würde sie strafen, und es würde sich echt anfühlen, ein Stück weit zumindest. Es würde keine Rolle sein, keine fiktive Situation, für die sie beide ihre Vorstellungskraft benötigen würden. Ob sie daran gedacht, ob sie genau das beabsichtigt hatte, als sie die Nummer seiner Kreditkarte in das Bestellformular getippt hatte? Es schien vorstellbar, obwohl sie unmöglich hatte ahnen können, dass dieser Tag ganz anders als üblich hatte verlaufen sollen. Aber das spielte keine Rolle, war ganz und gar unwichtig.

Der Entschluss war gefasst – er würde seinen Instinkten nachgeben, und vielleicht war es genau das, was ihre Beziehung nötig hatte.

Während sie unter der Dusche stand und den heißen Wasserstrahl, der sanft über ihren Körper herunter rieselte, genoss, hörte sie es an der Tür läuten. Sie fragte sich, wer das wohl sein könnte, denn sie verbrachten die Wochenenden meist nur zu zweit. Jeder von ihnen hatte seinen eigenen Freundeskreis, da sie in verschiedenen Städten wohnten. Und gerade weil sie sich nur am Wochenende sehen konnten, verzichteten sie gern auf jegliche fremde Ablenkung.

Sie wohnte eine gute Zugstunde weg von ihm und wegen ihres Berufes konnte sie nicht so einfach umziehen. Also hatten sie eben eine Wochenendbeziehung und bisher war das auch völlig in Ordnung so. Unter der Woche hatten beide viel zu tun. Sie selber arbeitete oft bis spät abends in der Kanzlei, in der sie angestellt war. Nicht selten bestand ihr Feierabend aus einer heißen Dusche und einem Buch in ihrem Bett, bevor die Müdigkeit sie nach kurzer Zeit wegdämmern ließ.

Als sie darüber nachdachte, wie entsetzt er gewesen war, als er damals erfahren hatte, dass sie Anwältin war, hätte sie beinahe laut gelacht. Seine Einstellung zu Anwälten war doch sehr voreingenommen. Er hatte eine tiefe Abneigung, die sie natürlich nicht verstehen konnte. Klar gab es in jeder Berufsgruppe schwarze Schafe, aber die gab es überall. Sie liebte ihren Job, war in ihrer Kanzlei beliebt und hatte mehr als genug Klienten. Vielleicht genoss sie gerade deshalb dieses „andere" Leben mit ihm so sehr. Die Kontrolle, die sie die ganze Woche von Montag bis Freitag behalten musste, die energische Art, die man als Anwalt brauchte, um sich durchzusetzen – als Anwältin vielleicht noch mehr – und das ständig geforderte korrekte Verhalten waren für sie anstrengend. Taff und selbstbewusst musste sie durchs Leben gehen, das hatte sie schon früh gelernt. Sie hatte sich stets daran gehalten, wusste genau, was sie wollte.

Und doch fiel ihr freitags, wenn er sie vom Bahnhof abholte, immer eine Riesenlast von den Schultern und sie durfte so sein, wie sie sein wollte. Er nahm sie mit ihren Stärken und Schwächen, bei ihm konnte sie sich komplett fallen lassen. Sie liebte es von Anfang an, wie er sie dominierte, wie er sie besonders verwöhnte, wenn sie tat, was er forderte und gehorsam war. Das war ihr gemeinsames Leben bisher gewesen, sie gab sich für ihn auf, wann immer sie bei ihm war. So tankte sie Kraft für die Woche ohne ihn. Diese Leidenschaft, die sie verband, war für sie etwas Wunderbares. Dieses Verschmelzen von Schmerz und Lust, seiner Dominanz und ihrer Hingabe waren ihre Erfüllung, es machte sie glücklich. Keine ihrer Freundinnen wusste davon und so sollte es auch bleiben. Sie war sich sicher, dass es niemand verstehen würde. Wahrscheinlich würden sie sie für verrückt halten. Doch sie wusste, dass sie ganz normal war. Nur ein wenig anders. Bei diesem Gedanken musste sie erneut lächeln. Wie festgefahren die Meinung der Leute oft war. Für viele gab es nur das, was jeder tat, stinknormale Sexualität ohne große Experimente. Was ihre Freundinnen ihr oft von ihren Liebschaften erzählten, langweilte sie. Sie hatten alle keine Ahnung, wie facettenreich Leidenschaft sein konnte.

Sie spülte sich gerade den letzten Schaum des nach Vanille riechenden Duschgels vom Körper, als ihr einfiel, wer da wahrscheinlich gerade an der Tür geklingelt hatte. Sie war noch so in ihre Gedanken versunken, sie hätte es beinahe vergessen. Der

Postbote! Natürlich, sie hatte die Bestellung ja extra rechtzeitig aufgegeben und ein Wunschlieferdatum hinterlegt. Bei dem Gedanken, dass ER das Paket nun als Erster in der Hand hatte und sicher auch schon geöffnet hatte, wurde ihr etwas mulmig zumute. Eigentlich sollte es eine Überraschung werden.

Sie war sich fast sicher, dass er ziemlich sauer sein würde, denn sie hatte es auf seine Rechnung bestellt. Superschicke High Heels und eine Korsage mit String. Als sie die Sachen gesehen hatte, konnte sie einfach nicht widerstehen und wollte sie unbedingt haben. Denn sie wollte ihm gefallen. Er sollte sie darin sehen und sie begehren. Begehren mit jeder Faser seines Körpers. Sie würde sich ihm bereitwillig hingeben, mit allem, was sie war – Geliebte, Sub, willige Sklavin. Seine Sklavin, die er bestrafen oder verwöhnen konnte, so wie es ihm beliebte.

Der Grund, warum sie die Dinge nicht zu sich nach Hause bestellt hatte, sondern seine Anschrift und seine Kreditkartennummer angegeben hatte, war einfach. Zu gern provozierte sie ihn ab und zu ein wenig. Auch wenn sie es in diesem Ausmaß noch nie getan hatte. Die Sachen waren nicht gerade billig – es hatte sie gereizt herauszufinden, wie er darauf reagieren würde, was sie erwarten würde, wenn er die Rechnung in den Händen hielt. Sie provozierte grundsätzlich sehr gern, vielleicht brachte der Job das so mit sich. Aber es machte ihr besonderen Spaß, ihn ein wenig aus der Reserve zu locken und ein paar „Extrabehandlungen" von ihm zu kassieren.

Doch jetzt, als es soweit war und nicht sie die Erste war, die die Sachen auspacken konnte, ging ihr Plan gründlich daneben, denn sie ihm erst angezogen zu präsentieren, wäre sicher von Vorteil gewesen. Dann wäre seine Reaktion sicher gnädiger ausgefallen. Und ausgerechnet heute, wo doch sowieso alles so anders war. Aber das konnte sie ja nicht ahnen. Ändern konnte sie es jetzt nicht mehr.

Sie lauschte, aber außer dem Radio hörte sie nichts. Sie trocknete sich schnell ab und wickelte das Handtuch um ihren nackten Körper. Unsicher bewegte sie sich in Richtung Küche. Sie war so leise, wie sie konnte, sie wollte zuerst sein Gesicht sehen, bevor er sie sah, um abzuschätzen, wie er nun drauf war, auch wenn es wohl nichts mehr geändert hätte. Sie musste sich ihm jetzt stellen und war seiner Reaktion ausgeliefert. Schließlich hatte sie es so gewollt.

Als sie ihn am Tisch sitzen sah, wusste sie, dass er sauer war. Sie wusste, dass sie einen Schritt zu weit gegangen war. Seltsamerweise spürte sie eine Art Erregung, wenn auch gepaart mit etwas Angst vor dem was folgen würde. Ihr Lächeln erstarb, als sie seinen kalten Blick sah. In dem dringenden Bedürfnis, ihn ein wenig zu besänftigen, suchte sie seinen Blickkontakt, sah ihn liebevoll und unterwürfig an.

Er saß noch immer mit gerunzelter Stirn vor dem geöffneten Karton, als sie aus dem Bad kam. Sie hatte nur ein Handtuch umgeschlungen, ihre Haare waren noch nass, und silbrige Wassertropfen benetzten ihre nackten Schultern. Seine finstere Miene wischte das Lächeln aus ihrem Gesicht. Ihr Blick fiel auf den auf dem Tisch liegenden Inhalt des Kartons, und in ihren Augen zeichnete sich Erkennen ab. Sie schaute ihn an – versuchte ihren Rehaugen-Blick – und sprach mit leiser Stimme.

»Ich wollte dich damit überraschen.«

Ihre leisen Worte verfehlten die erhoffte Reaktion. Er wirkte auf sie noch ärgerlicher. Sie beschloss, sich ihrem Schicksal zu fügen. Demütig senkte sie ihren Blick, um ihn nicht noch mehr zu verärgern.

Er hatte allen Grund und jedes Recht dazu, sie zu bestrafen. Und er würde es auch tun. Natürlich war sie bereit dazu, ihre Strafe zu empfangen. Sie wusste es ja insgeheim schon im Voraus, dass es nicht ohne Konsequenzen ablaufen würde, wenn sie einfach etwas auf seine Rechnung bestellte. Irgendwie war es ja auch ihre Absicht gewesen, als sie die Sachen geordert hatte. Immer wieder versuchte sie auszuloten, wie weit sie gehen konnte und was danach folgte. Es hatte für sie schon immer einen besonderen Reiz, seine Reaktionen zu erforschen.

Der Rehaugen-Blick ärgerte ihn, denn er hätte fast funktioniert.

»Du hättest mich fragen können, bevor du einfach meine Karte benutzt. Du weißt, dass ich ja gesagt hätte.«

Schuldbewusst senkte sie ihre Augen und nickte stumm.

»Verrate mir, was ich jetzt tun soll!«

Sie zögerte kurz, bevor sie antwortete, schien ihre Worte sorgfältig auszuwählen.

»Du wirst tun, was notwendig ist.«

Ihren Blick hielt sie gesenkt. Seine Reaktion erregte sie. Eine leichte Hitze breitete sich in ihrem Körper aus. Die Gedanken in ihr kreisten. Was würde wohl folgen, was würde er für notwendig erachten?

Sie schien noch gefangen, hatte ihre Gedanken noch nicht vollständig von der harmonischen Illusion des Vormittags gelöst. Ihre Worte waren demütig, aber in ihrer leisen Stimme lag ein Anflug von Trotz, den er nicht hinnehmen konnte.

»Wie bitte?«

Der scharfe Tonfall seiner Frage war nicht dazu geeignet, Raum für Aufsässigkeiten zu lassen.

Sie überlegte kurz, was nicht richtig gewesen war, an dem was sie gesagt hatte. Dann fiel es ihr ein. Dieses kleine Wort, das doch so viel ausdrückte – dieses Wort hatte sie vergessen.

»Du wirst tun, was notwendig ist – Herr.«

Nun schien er zufriedener zu sein. Sie musste sich jetzt völlig fügen, weitere Provokationen wären zu gefährlich. Nicht, dass sie es nicht liebte, bestraft zu werden. Im Gegenteil. Aber sie wollte auch seine Gunst wiedergewinnen. Und sie wusste, er konnte sie leiden lassen. Er hatte die Macht ihr Leiden auszudehnen, bis sie nicht mehr konnte. Keine Schwäche zeigen, das hatte sie sich fest vorgenommen. Sie hatte diese Situation provoziert und sie würde die Folgen hinnehmen, stolz und demütig.

Er ließ den Klang ihrer Worte auf sich wirken, suchte forschend nach letzten Anzeichen von Aufbegehren in ihrer Miene. Es war ein sinnloses Unterfangen, das war ihm bewusst. Sie fügte sich in ihr Schicksal, beugte sich seinem Willen, doch sie verstand es, ihre Gefühle vor ihm zu verbergen, wenn sie es wünschte. Sie würde ihm erzählen, was sie in diesem Moment fühlte – später, in einigen Tagen, vielleicht Wochen. Jetzt jedoch war es müßig, ihre

Gedanken erraten zu wollen – und es lenkte ihn von dem ab, was er zu tun gedachte.

»Geh ins Schlafzimmer und zieh es an. Vergiss das Halsband nicht.«

Seine Stimme klang frostig – kälter, als er es beabsichtigt hatte. Sie stach in ihr Herz, er konnte es in ihren Augen sehen. Sollte er seine Härte abschwächen? Nein, er würde fortführen, was er begonnen hatte.

Nun wollte er sie also als seine Sklavin. Doch seine Stimme war härter als gewohnt. Sie fröstelte trotz der Erregung, die sie immer noch verspürte.

Sie gehorchte sofort und ließ ihn allein. Im Schlafzimmer angekommen, legte sie das Handtuch ab und schlüpfte in den String. Sie legte die Korsage an und zum Glück passten die Sachen perfekt. Dann zog sie sich die High Heels an und betrachtete sich im Spiegel. Gut sah es aus, alles saß perfekt. Es würde ihm gefallen, dessen war sie sich sicher. Sie wusste, dass er sie gern so sah. Der String verdeckte fast nichts und die Korsage betonte die Form ihrer Brüste, ließen sie noch wohlgeformter erscheinen. Sie war zufrieden mit dem, was sie sah.

Ein wenig wackelig ging sie zur Tür. Sie trug nicht sooft High Heels und musste sich erst an die hohen Absätze gewöhnen. Etwas staksig lief sie zu ihm, zu ihrem Herrn. So sehr wollte sie ihm gefallen. Erwartungsvoll schaute sie ihn an. Sein Blick verriet ihr nichts. Er musterte sie von oben bis unten und verzog keine Miene. Das würde nicht leicht werden heute, dessen war sie sich sicher.

Er musste nicht lange auf sie warten. Als sie zu ihm zurückkam, wirkte ihr Gang auf den ungewohnt hohen Absätzen etwas unsicher, doch sie hielt ihren Kopf stolz erhoben. Für einen Moment war er in Versuchung, sie zu demütigen, sie aufzufordern, auf allen Vieren zu ihm zu kommen, den Tücken der hohen Absätze auf diese Weise zu entgehen. Aber es wäre zu sehr Spiel gewesen, die gewohnte Pose hätte ihr Sicherheit gegeben, eine Sicherheit, die ihr zu gewähren er im Moment nicht gewillt war. Ein anderes Mal.

Ihre aufrechte Haltung gab ihm Gelegenheit, die Wirkung seiner ungewollten „Investition" zu begutachten. Die Korsage zwängte ihre Brüste ein und drückte sie zusammen und nach oben, ließen sie größer erscheinen. Der String schien eher ein Hauch von Nichts, als ein Kleidungsstück zu sein, er ließ die Konturen ihrer von allem Haarwuchs befreiten Scham auf verführerische Weise weich und unscharf erscheinen, anstatt sie zu bedecken.

Ja, damit machte sie ihm wirklich eine Freude, aber das änderte nichts – jedenfalls nicht viel. Er reichte ihr einen Mantel.

»Draußen ist es kühl. Komm mit.«

Sie zog den Mantel an und warf ihm dabei einen scheuen, verunsicherten Blick zu.

»Zieh die Schuhe aus, wenn sie schmutzig werden, kann man sie nicht mehr zurückschicken.«

„Ohne Schuhe?", wollte sie fragen, doch verkniff sich jeglichen Kommentar. Sie wollte ihn nicht weiter reizen. Also zog sie die Schuhe wieder aus, was schwierig war mit dieser engen Kor-

sage. Sich damit zu bücken, ohne die Luft dabei anhalten zu müssen, war nicht einfach. Das nächste Mal würde sie sie lockerer schnüren. Barfuß folgte sie ihm zur Tür nach draußen. Dort schickte er sie voran und folgte ihr mit einem kurzen Abstand. Der kalte Boden unter ihren Füßen ließ sie ein wenig frösteln. Ihr Herz schlug schneller, während sie vor ihm herging und nicht wusste, was er vorhatte.

Er war ihr Herr und immer wieder für Überraschungen gut. Das liebte sie so an ihm.

Sie gingen über die Wiese zum alten Weidenbaum. Ihre nackten Füße hinterließen dunkle Abdrücke im feuchten, silbrig glänzenden Gras. Der kühle, frühherbstliche Wind ließ ihn frösteln, fast beneidete er sie um ihren schützenden Mantel. Er gab ihr sein Taschenmesser.

»Such dir eine Rute aus.«

Mit gesenktem Blick trat sie mutlos vor den Baum. Sie überlegte lange, befühlte das Holz, bog es probeweise, bevor sie eine Wahl traf. Ein Spiel – ist das ausgewählte Holz zu dünn, wählt man zur Strafe ein stärkeres, als ursprünglich vorgesehen. Sie hatten dieses Spiel schon gespielt, und vielleicht glaubte sie, er hätte Derartiges im Sinn – die Gerte, die sie abschnitt, war kräftig, verkündete Schmerz, allein durch ihren Anblick. Sie irrte, und der Gedanke daran war beinahe reizvoller, als das Spiel es gewesen wäre.

Er erkannte Furcht in ihren Augen, als sie sich von der Weide abwandte und sich ihre Blicke für einen kurzen Moment trafen, aber auch Leidenschaft. Trotz ihrer Angst genoss sie so wie er den Reiz der Situation. Sie kam zu ihm zurück, streckte ihm ihre Hände entgegen, die Rute lose auf den Handflächen liegend, dargereicht wie ein kostbares Geschenk.

Doch er schob ihre Hand zurück.

»Du wirst sie selbst zurücktragen.«

Für einen kurzen Moment sah es so aus, als wolle sie ihm widersprechen, er wünschte es sich beinahe, denn ihre Worte hätten seine Entschlossenheit nur noch bestärkt, den Rest von Zweifel, der noch in ihm war, beseitigt. Aber sie fügte sich seinem Wunsch. Sie gingen zurück ins Haus. Er ließ sie wieder vorangehen, wollte sie sehen, Kontrolle haben. Er konnte sehen, dass sie nicht recht wusste, wie sie das Instrument tragen sollte. Sie wollte unterwürfig wirken, das Weidenholz in ihrer Hand störte sie dabei. Drinnen half er ihr, den Mantel auszuziehen.

Während sie auf den Weidenbaum zuging, gingen ihr tausend Gedanken durch den Kopf. Sie fragte sich, was er plante und hoffte, dass sie nicht gesehen wurde, wie sie so barfuß über die Wiese lief. Der Boden war feucht und kühl. Der Sommer war vorbei, der Herbst kam mit großen Schritten immer näher. Die Luft war zwar noch angenehm, aber trotzdem bekam sie kalte Füße. Zum Glück hatte er ihr den Mantel gegeben.

Am Baum angekommen forderte er sie auf, sich eine Rute abzuschneiden und reichte ihr sein Taschenmesser. Heiß und kalt war es ihr und das gleichzeitig. Sie ahnte, was er vorhatte. Zögerlich trat sie an den Baum und begutachtete suchend die senkrecht nach oben wachsenden frischen Triebe. Sie wollte nicht ängstlich erscheinen, die Rute, die sie sich aussuchte, war kräftig. Eigentlich hatte sie sehr wohl Angst. So sehr sie den

Schmerz liebte, so sehr fürchtete sie ihn, wenn er ihr bevorstand. Sie hatte Angst vor der Pein, vor den Augenblicken, in denen die Schläge ihr Hinterteil oder ihre Brüste und ihren Bauch trafen. Meist beschränkte er sich auf ihre Rückseite. Er konnte hart zuschlagen und sie war oft für mehrere Tage gezeichnet. Heiß brennende rote Striemen liefen dann kreuz und quer über ihren Hintern. Ein Gefühl, das sie nicht missen wollte.

Die von ihr ausgesuchte Rute ging nicht gerade leicht ab. Das Taschenmesser war klein – zu klein für den elastischen jungen Trieb. Als sie es endlich geschafft hatte, ging sie zurück zu ihm und überreichte ihm stolz über ihren Erfolg den dünnen Stock. Aber er wies ihn zurück. Wenn er gehofft hatte, dass sie ihm widersprechen würde, dann hatte er sich getäuscht. Fast musste sie ein Schmunzeln unterdrücken. Sie ging zurück ins Haus und trug dabei die Rute demütig auf beiden Handflächen liegend mit den Armen vor der Brust vor sich her. Er sollte sehen, dass sie ihm gehorchte, dass sie seine geliebte Sklavin war, wann immer und wo immer er es wollte.

Zurück in der Wohnung befahl er ihr, die Schuhe wieder anzuziehen. Sie gehorchte. Natürlich tat sie das, denn das war das, was sie beflügelte, wenn sie bei ihm war. Jeden Tag der Woche sehnte sie das Wochenende herbei, um ihm endlich wieder dienen zu dürfen. Auf dem Weg in die Küche versuchte sie, ihre Hüften beim Gehen ein wenig mehr als notwendig zu bewegen. Er sollte genau dort hinsehen, sollte sehen, dass sie bereit war.

Auf dem Weg in die Küche hatte er Gelegenheit, sie ausgiebig zu betrachten. Die Korsage schmiegte sich eng an ihren Körper und formte ihre Taille, um dann schwungvoll am oberen Ansatz ihres prachtvollen Hinterns zu enden. Die hohen Absätze der Schuhe streckten ihre Beine, strafften die beiden runden Hälften ihres Pos und ließen ihre Hüften beim Gehen verführerisch kreisen. Er hätte selbst keine schöneren Accessoires aussuchen können. Falsch – er wäre niemals in der Lage gewesen, so schöne Sachen für sie auszuwählen, denn ihm fehlte das dafür nötige Gespür. Sie hätte in jedem Fall die Auswahl treffen müssen, und wenn sie ihn eingeweiht hätte, wäre ihr die nun bevorstehende schmerzvolle Erfahrung erspart geblieben.

Der Fremdkörper in ihrer Hand irritierte sie sehr. Sie hielt die Rute, die dazu bestimmt war, ihr Qualen zu bereiten, mit spitzen Fingern und spreizte dabei ihre Hand ein wenig ab, weg von ihrem Körper. Fürchtete sie die Berührung auf ihrer Haut? Er glaubte zu ahnen, was in ihrem Inneren vor sich ging. Sie fühlte bereits die Ohnmacht des Ausgeliefertseins, hörte bereits das bedrohliche Fauchen durch die Luft sausenden elastischen Holzes. Sie malte sich den beißenden Schmerz aus, den das Werkzeug auf der ungeschützten Haut ihres Körpers verursachen würde, sobald es sich nicht mehr zwischen ihren Fingerspitzen, sondern fest umschlossen in seiner Hand befinden würde. Er riss sie aus ihren Gedanken.

»Leg sie neben den Herd, wo du sie sehen kannst, und mach jetzt das Essen fertig!«

Wie befohlen kümmerte sie sich um das Mittagessen, während er sie wortlos betrachtete. Sie konnte seine Blicke in ihrem Rücken spüren, und sie genoss sie einfach nur. Seine Miene konnte noch so streng sein, wenn er sie ansah, sah sie immer auch seine Liebe zu ihr in seinen wundervollen Augen, und in diesen Momenten vergaß sie alles andere um sich herum. Sie konnte sein Gesicht nicht sehen, denn sie wagte nicht, sich umzuwenden. Aber das war auch nicht notwendig, es genügte, die Augen zu schließen und seine Präsenz zu erfühlen.

Die Spiegeleier brutzelten in der Pfanne vor sich hin, und sie hatte genug Zeit, verstohlene Blicke auf das Schlagwerkzeug neben dem Kochfeld zu werfen. „Gemeiner Kerl", dachte sie nur. Sie konnte sich gar nicht richtig auf die Zubereitung des Essens konzentrieren. Die Vorfreude auf das, was ihr bevorstand, ließen ihre Augen ständig zu der Rute schweifen. War das ihr Plan gewesen, als sie die Sachen bestellt hatte? Sie wusste es nicht mehr, egal. Später, wenn er es begehrte, würde sie ganz ihm gehören. Ihr Körper würde ihm gehören und er würde sie benutzen, wie er wollte – und wie sie es wollte. Sie kannte ihn lange genug, um das Spiel auch von ihrer Position aus ein wenig lenken zu können. Ob ihm diese Tatsache bewusst war? Natürlich gehorchte sie ihm und er war ihr Herr. Dennoch war es ihr oft genug möglich, ihn zu dem zu bringen, was sie sich von ihm wünschte.

Er genoss sein Essen, doch sie hatte irgendwie keinen richtigen Hunger. Wie immer, wenn ihr eine Strafe bevorstand, von der sie noch nicht ganz abschätzen konnte, wie sie für sie ausgehen würde. Bisher hatte er, seit der Postbote da war, nicht wirklich viel mit ihr gesprochen. Das war ungewöhnlich. Noch immer wirkte er verärgert, das machte ihr zunehmend Sorgen. Würde er härter zu ihr sein, als sie es ertragen konnte? Ihre Erregung, die sie schon den ganzen Tag mit sich herumtrug, vermischte sich mehr und mehr mit Angst. Aber sie wagte nicht, ihn *anzusprechen, ihn um Entschuldigung zu bitten. Es war, als hätte ihr jemand die Stimme geraubt, sie zum Schweigen verdammt.*

Dass er den Tisch selbst abräumte, verunsicherte sie noch weiter. Es wäre ihre Aufgabe gewesen, nicht seine. Sie wünschte sich, er würde endlich beginnen und damit ihr Gefühlschaos beenden.

Während sie Spiegeleier zubereitete, schaute sie immer wieder kurz auf die neben ihr liegende Gerte. Die nackte Frau am Herd. Es war eine Szene, so klischeebeladen, dass er bis heute darauf verzichtet hatte, entsprechende Wünsche zu äußern, obwohl sie einer diesbezüglichen Anweisung vermutlich nicht nur widerspruchslos, sondern mit Freude gefolgt wäre. Ein Fehler – er nahm sich vor, zumindest diesen Teil des heutigen Tages bei passender Gelegenheit zu wiederholen. Ein erregendes Bild, er sah nur ihre Rückseite, aber der Anblick ihrer Blöße, der Anblick ihrer Unsicherheit war wundervoll. Ein helles Dreieck auf der makellosen Haut ihrer Lenden erinnerte an die sonnigen Tage des vergangenen Sommers.

Eigentlich hatte er vorgehabt, mit ihr am Nachmittag an den See zu fahren, um die letzten warmen Sonnenstrahlen des Jahres zu nutzen. Daraus würde nun nichts mehr werden, denn er würde sie zeichnen, die Spuren der Rute würden als unübersehbare Male seiner Strenge ihr Gesäß bedecken, nicht nur an diesem Nachmittag, sondern für mehrere Tage. Die Leute würden sie anstarren – sensationslüsterne Blicke, mitleidig, manchmal auch neidvoll, aufdringlich offen, oder aber nur nachlässig verborgen. Er wusste, es würde sie nicht kümmern, denn das hier war seine Stadt, nicht ihre. Sie würde ihre Striemen offen zur Schau stellen, sie mit Stolz tragen, als wären sie ein wertvoller Schmuck. Ihn aber würden die Blicke stören, die verborgenen Gedanken hinter den namenlosen Gesichtern, die nicht verstanden, die nicht verstehen konnten oder wollten.

Er schüttelte unmerklich den Kopf, um die unangenehmen Gedanken zu vertreiben und konzentrierte sich wieder auf den Augenblick. Sie kam mit zwei Tellern an den Tisch und nahm wortlos ihren Platz ein. Während er genüsslich und aufreizend langsam kleine Bissen in seinen Mund schob, stocherte sie unentschlossen auf ihrem Teller herum. Einige Male setzte sie an, um etwas zu sagen, aber jedes Mal verließ sie der Mut. In ihrem Gesicht arbeiteten widerstreitende Gefühle. Nachdem er seinen Teller geleert hatte, räumte er den Tisch ab und machte ihn sauber, sorgfältig darauf achtend, alle Krümel zu beseitigen, während sie dasaß und auf die Tischplatte starrte.

»Du hast noch eine Stunde Zeit. Schmink dich und mach dir die Haare!«

Seine Worte unterbrachen ihr Grübeln, ließen sie ein wenig zusammenzucken. Sie sah verzweifelt aus, aber unter ihrer Angst konnte er die Erregung sehen, jenen süßen Nervenkitzel, der im Alltag der vergangenen Monate verloren gegangen war. Widerspruchslos stand sie auf und ging ins Badezimmer. Nachdem sie die Tür hinter sich geschlossen hatte, holte er die Dinge, die er benötigen würde.

Eine Stunde hatte sie Zeit, sich für ihn hübsch zu machen. Das konnte sie viel schneller. Was sollte sie die restliche Zeit machen? Wollte er sie zusätzlich quälen, indem er sie auf die Folter spannte? Ohne Widerspruch ging sie ins Bad und ließ sich erst einmal auf dem Rand seiner Badewanne nieder. Sie musste ein wenig durchatmen, sich entspannen.

Nach ein paar Minuten schalt sie sich als Närrin. Warum machte sie sich denn heute nur so viele Gedanken. Sie vertraute ihm vollkommen. So lange waren sie schon ein Paar. Ein Paar das seine besonderen Leidenschaften vorbehaltlos teilen konnte. Was verpassten die anderen, die noch nie ausprobiert hatten, was sie beide lebten? So viel Sinnlichkeit und Leidenschaft, die ihre Herzen höher schlagen ließen. Die wenigsten sprachen je darüber, noch getrauten sie sich, das Spiel zu probieren. Natürlich, es gab inzwischen Bücher, jede Menge sogar.

Auch ihre Freundinnen lasen diese Bücher über die Lust des Schmerzes und doch hatte keine davon auch nur annähernd das erlebt, was sie mit ihm erleben durfte. Sie hatte keiner ihrer Freundinnen je davon erzählt. Es war ihr süßes Geheimnis.

Grübeln würde nichts bringen, es war Zeit, in die Realität zurückzukehren. Sie begann, sich für ihren Herrn hübsch zu machen. Heute wollte sie ihm besonders gefallen.

Als sie fertig und zufrieden mit dem war, was sie im Spiegel sah, schaute sie auf die Armbanduhr, die neben dem Waschbecken auf dem Kosmetikschränkchen lag. Die Stunde war fast um. Sie rückte das Halsband noch zurecht, nachdem sie es etwas enger um den Hals geschnürt hatte. Das Gefühl, dass sich etwas Enges um ihren Hals schloss, etwas was ihr das Atmen erschwerte, wenn er ihren Kopf nach hinten bog, genoss sie in vollen Zügen. Er tat das oft, denn so musste sie ihn direkt anse-

hen und er konnte dabei in ihren Augen erkennen, was sie fühlte. Es erregte sie jedes Mal aufs Neue. Manchmal schlossen sich auch seine Hände um ihren Hals und für kurze Zeit nur, verbot er ihr zu atmen. Dass dies ihre Lust ins Unermessliche steigern konnte, hätte sie früher niemals geahnt. Beim ersten Mal war sie fast panisch gewesen, doch er beruhigte sie mit zärtlichen Küssen und sanften Worten. Beim zweiten Mal konnte sie schon loslassen und es genießen. Er übertrieb es nie, er war immer auf der Hut und passte auf, dass er den richtigen Zeitpunkt aufzuhören nicht versäumte.

Sie warf einen letzten Blick in den Spiegel, dann machte sie sich auf den Weg zu ihm. Langsam gewöhnte sie sich an die hohen Absätze und ging sicheren Schrittes auf ihn zu. Er war, wie es schien, in seine Lektüre vertieft, denn er würdigte sie keines Blickes. Nicht einmal als sie direkt vor ihm stand. Das irritierte sie ein wenig, aber sie nahm es kommentarlos hin. Sie hatte kein Recht dazu, seine Aufmerksamkeit einzufordern, sie hatte zu warten, bis er ihr seine Zeit schenkte. Als er endlich zu ihr aufblickte, wusste sie, dass ihm gefiel, was er sah. Sie bemühte sich ihren Blick gesenkt zu halten, wie es sich gehörte, aber es gelang ihr nicht, sie musste ihn einfach ansehen, zumindest kurz. Ein Leuchten lag in seinen Augen, ein Glanz, der nicht zu übersehen war. Es freute sie und machte sie glücklich, dieses Wissen, dass er sie begehrte. Nicht nur, um ihr weh zu tun, es war viel mehr. Natürlich liebte er es, wenn er merkte, dass sie litt. Doch wusste er auch, dass sie genau dies brauchte, um sich völlig von der Realität zu lösen, sich fallen zu lassen und eine Leidenschaft zu empfinden, die ins Unermessliche steigen konnte.

Während er auf sie wartete, vertrieb er sich die Zeit mit Lesen. Es viel ihm schwer, sich auf seine Lektüre zu konzentrieren, denn er war voller Ungeduld. Aber das Warten war für sie ungleich quälender, als für ihn, und er wollte sich nicht selbst um diese zusätzliche Genugtuung betrügen. Wie immer überblätterte er den einen Artikel, der aus seiner eigenen Feder stammte, um dessen sie das Magazin gekauft hatte. Er hasste es, seine eigenen Worte zu lesen, hatte beim Lesen stets das Gefühl, Unvollkommenes abgeliefert zu haben. Wer etwas wirklich kann, der tut es. Er war ein beschissener Gitarrist. Wäre er so gut, wie andere meinten, wie sie es behauptete, würde er seine Zeit nicht damit verschwenden müssen, hoffnungslosen Fällen die Grundbegriffe eines guten Riffs zu erklären und belanglose Kritiken für mittelmäßige Fachzeitschriften zu verfassen. Und vermutlich hätte er sie niemals getroffen. In jedem Scheitern liegt eine Chance, wer hatte das nochmal gesagt? Egal. Es war gut, so wie es jetzt war – mit ihr, zusammen mit ihr.

Endlich betrat sie den Raum. Sie blieb einen kurzen Moment in der Tür stehen, wartete darauf, dass er sie ansah, aber er starrte weiterhin in seine Zeitschrift, als hätte er ihre Anwesenheit nicht bemerkt. Das Geräusch ihrer Schritte klang selbstsicher – offenbar hatte sie sich an die hohen Absätze gewöhnt. Vielleicht war es auch ganz anders, vielleicht waren ihre unsicheren Schritte zuvor ein Zögern gewesen, ein Zögern, das nun einer inneren Sicherheit gewichen war. Er würde sie danach fragen, später irgendwann.

Sie stand dicht vor ihm, so dicht, dass er meinte, ihre Körperwärme auf seinen nackten Oberschenkeln spüren zu können. Er ließ sie für eine unendlich lange Minute vor ihm stehen, ohne seinen Blick von den Zeilen zu lösen, deren Botschaft seinen Verstand längst nicht mehr erreichte. All seine Sinne waren auf sie konzentriert, auf ihre Wärme, ihren wundervollen Geruch, ihre leisen Geräusche.

Als er sich endlich erhob, ihr offen die Aufmerksamkeit schenkte, die sie sehnsüchtig erwartet hatte, da konnte er seine Überraschung nur schwer verbergen. Sie hatte sich wirklich Mühe gegeben. Auch ungeschminkt war sie wunderschön, doch was auch immer sie im Bad angestellt hatte, es unterstrich ihre Anmut auf betörende Weise. Ihr Anblick hatte seine Kehle trocken werden lassen, er räusperte sich, bevor er sprach.

»Beuge dich über den Tisch!«

Gehorsam ging sie zum Tisch, beugte ihren Oberkörper nach vorn und stütze sich mit den Ellbogen auf der Oberfläche ab. Er bückte sich, griff nacheinander nach ihren Fußknöcheln und fesselte ihre Beine gespreizt an die Tischbeine. Ihre Handgelenke band er aneinander und befestigte sie am Querbalken unter der Tischplatte. Prüfend betrachtete er seine Komposition und entschied, dass noch etwas fehlte. Er griff in ihr Dekolleté und holte ihre Brüste aus ihrem Gefängnis. Eine Klammer an jede Brustwarze – ja, so wäre es perfekt. Ihre Nippel hatten sich bereits aufgerichtet und formten zwei vorwitzige, erwartungsvolle Erhebungen. Sie hielt den Atem an, als sich die erste Klammer langsam um die rosige Haut schloss, sie zusammenpresste und erbleichen ließ. Seine Fingerspitzen konnten ihre wachsende Erregung fühlen, als er die zweite Knospe ein kleines Stück in die Länge zog, um die Klammer besser ansetzen zu können.

Sie atmete erleichtert aus, als er einen Schritt zurücktrat, um sein Werk zu betrachten. Die Erleichterung würde von kurzer Dauer sein, denn die Zeit würde den leichten, erträglichen Schmerz, den der Druck der Klammern verursachte, wachsen lassen. Der Schmerz würde mit jeder Minute ein weiteres Stück ihrer Konzentration einfordern, ihre Gedanken würden um die beiden empfindsamen Punkte kreisen und andere Empfindungen würden verdrängt werden. Allerdings nur, wenn er es dabei belassen würde, und das hatte er heute nicht vor.

Sie spürte, wie er ihre Beine auseinanderschob und sie jeweils an den Tischbeinen fixierte. Fest umschlangen die Fesseln ihre Knöchel. Ihre Hände befestigte er vorn, nur nicht ganz so fest wie ihre Beine. Als er ihre Brüste aus der Korsage befreite, ahnte sie, was er vorhatte. Er wollte ihr Klammern anlegen. Ein Schauer durchströmte ihren ganzen Körper, denn sie kannte diesen speziellen Schmerz nur zu gut. Es gab sicher welche, die harmlos waren und ihr nicht allzu viel anhaben konnten. Doch die Klammern, die er sich kürzlich besorgt hatte, und sie war sich sicher, dass er heute genau diese benutzen würde, waren einfach richtig fies. Anfangs war der Schmerz gut erträglich, doch er steigerte sich mit jeder Minute, die sie ihre empfindsamen Brustwarzen zusammendrückten.

Sie behielt Recht und er legte die erste Klammer an. Automatisch hielt sie die Luft an und versuchte, sich auf den stechenden Schmerz, den sie beim Schließen der Klammer verspürte, einzulassen. Er zog an ihrer noch freien Warze, bevor er die nächste Klammer anlegte. Sie fragte sich, ob die Nerven in ihren Knospen mit ihrem Unterleib verbunden waren. Denn wie ein Blitz ging es durch ihren Körper, bis in ihre Mitte. Sie bemühte sich ruhig zu atmen, schloss die Augen und genoss es, als der Schmerz langsam nachließ. Vorsichtig senkte sie ihren Oberkörper auf die Tischplatte, suchte nach einer Position, die den Druck der Klammern auf ihre Nippel möglichst verringerte, anstatt ihn zu verstärken. Als er um den Tisch herumging und sie betrachtete, schaute sie ihm hinterher. Die Klammern rieben auf dem Tisch, was den Schmerz an ihren empfindlichen Warzen sofort erhöhte. So wenig wie möglich sollte sie sich jetzt bewegen. Das war im Moment ihr wichtigstes Ziel.

Er ging um den Tisch herum und trat dicht an sie heran, hinein in das Dreieck, dass ihre auseinander gezwungenen Beine formten. Sie drehte ihren Kopf etwas, als sie ihm mit ihrem Blick folgte, und die Bewegung ihres Körpers ließen die Klammern ein wenig über die Tischplatte kratzen. Die Nähe ihres straff gespannten Hinterteils, die Wärme ihres Körpers und der zarte Duft, den ihr kaum bedecktes Geschlecht verströmte, ließen sein Herz schneller schlagen, ließen seine Erektion härter werden. Er fuhr mit der Hand langsam die Spalte zwischen den beiden prallen Hälften ihres Gesäßes entlang nach oben und griff nach dem String, zog die Schnüre zusammen und spannte sie, ließ den zarten Stoff zwischen die Lippen ihrer Scham gleiten, ihn einschneiden. Ein leichtes Stöhnen kam aus ihrem Mund. Dann zerriss er die dünnen Schnüre. Es ging ganz leicht.

Er griff zwischen ihre Beine, um die Stoffreste von ihrem Körper zu ziehen und ließ dabei seine Fingerspitzen langsam den durch weiche, warme Haut geformten Spalt ihrer Scham entlang gleiten. Sie war feucht, und er wusste, dass es Lust war, die er unter seinen Fingern spürte, eine Lust, die ebenso stark war, wie die Furcht, die sie vor der Rute verspürte. Würde die Lust bleiben, würde sie entflammen, wenn der Schmerz ihren Körper heiß durchströmen würde? Dies hier war mehr als ein Spiel – vielleicht jedenfalls – die Grenze war zu fließend, als dass er sich seiner Selbst gänzlich sicher sein konnte. Für einen Moment ergriff jenes alte, wohlbekannte Gefühl Besitz von ihm, die Angst davor, zu weit zu gehen. Sie war ihm hilflos ausgeliefert, und er würde sie benutzen, ihr Schmerzen bereiten. Es war das, was er tun wollte, es war das, was er begehrte. Und doch gab es jene unausgesprochene Grenze, die zu überschreiten er sich niemals verzeihen würde.

Sie versuchte sich darauf zu konzentrieren, stillzuhalten, während er sich ihr von hinten näherte.

Er griff in ihren Schritt und fühlte die Feuchtigkeit ihrer Mitte, durch das Nichts von String, bevor er ihn mit einem Ruck zerriss. Lange hatte er ja nicht gehalten, dachte sie. Aber was sollte sie machen, wenn es sein Wunsch war, dieses sündhaft teure Teil zu zerstören, dann musste sie es hinnehmen. Er hatte es ja selbst bezahlt. Sie spürte, wie ihre Erregung zunahm, als er mit seinen Fingern ihre Spalte entlangfuhr und sie konnte ein Stöhnen nicht unterdrücken. Ihre Lust wuchs immer weiter. Selbst als ihr die Rute, die sie vorhin abgeschnitten hatte, in den Sinn kam und und damit die Angst zurückkehrte, die Angst vor dem brennenden Schmerz, tat das ihrer Erregung keinen Abbruch.

Hilflos lag sie über den Tisch gebeugt und wartete darauf, was er als Nächstes tun würde, als er seitlich an ihr vorbei ging und sanft über ihren Körper strich. Sie genoss diese Berührung, diese Zärtlichkeit. Es lenkte ihre Angst ein wenig um, in eine unendliche Sehnsucht, mehr von ihm zu spüren.

Er ging um den Tisch herum und fuhr dabei mit der Hand leicht über die glatte, weiche Haut der beiden Rundungen ihrer Lenden. Es war eine beruhigende Geste, eine Geste der Zärtlichkeit, und er war sich nicht sicher, ob sie es war, die dieses Zeichen in diesem Moment brauchte, oder vielmehr er selbst. Sie öffnete beinahe gierig ihren Mund, als er vor ihr Gesicht trat und sie an ihrem Haarschopf packte und nahm seinen Schaft auf, formte ihre Lippen zu einer engen, feuchten, wundervollen Öffnung. Vielleicht glaubte sie, dadurch davon zu kommen. Er ließ ihr für einen Moment die Illusion. Sie saugte an ihm, während er langsam immer tiefer in sie eindrang.

Als sie seine Absicht erkannte, presste sie ihm ihre Zunge entgegen, wollte sie den Pfahl aufhalten, der sich unerbittlich ihrer Kehle näherte. Der Widerstand währte nur kurz, sie gab ihn auf, als sie erkannte, dass ihr Versuch, ihn umzustimmen, zum Scheitern verurteilt war. Er sah in ihre zu ihm aufgerichteten Augen, versuchte ihre Gedanken zu erraten, suchte nach Anzeichen von Protest.

Hingabe. Ein Wort wie aus einer anderen Welt, mystisch, beinahe religiös. Lächerlich. Und doch fiel ihm keine bessere Beschreibung für den Ausdruck in ihren Augen ein.

Der Reiz tief in ihrer Kehle ließ Tränen in ihre Augen steigen, verwandelte ihren klaren Blick, schienen sie von ihm zu entfernen. Ein einzelner Tropfen lief ihre Wange hinab und verschmierte ihr Make-up etwas.

Genug, er zog sich aus ihr zurück und griff nach der bereitliegenden Gerte.

Als er vor ihr stand, packte er sie an den Haaren und zog ihren Kopf nach oben. Diese Bewegung wurde sofort durch eine erneute Schmerzwelle, ausgehend von den Klammern an ihren Nippeln quittiert. Sie sog kurz die Luft ein, das enge Halsband erschwerte es ihr ein wenig. Dann sah sie sein pralles, erigiertes Glied vor sich und öffnete willig ihren Mund. Er schmeckte so gut. Sie nahm ihn in sich auf und ließ ihre Zunge um seinen Schaft kreisen, wollte mit ihm spielen, doch er drang immer tiefer in sie ein. Sie wusste, was er vorhatte und Panik stieg in ihr auf. Das Halsband verstärkte das Gefühl nun nur noch. Hätte sie es doch nicht so eng gemacht. Fast bereute sie es. Doch dann versuchte sie sich zu konzentrieren, denn er wollte noch tiefer in sie hinein. So tief, dass sie ein Würgen nicht verhindern konnte. Sie spürte ihn in ihrem Rachen und der Würgereiz wurde stärker, sie bekam keine Luft mehr. Tränen stiegen ihr in die Augen. Tränen der Angst und der noch viel größeren Lust. Sie ließ los, trennte sich von dem Faden, der sie mit der Realität verband und eine Träne kullerte ihr über die Wange. Sie gab sich ihm völlig hin, akzeptierte, was er von ihr wollte und war glücklich es ihm geben zu können. Aber plötzlich zog er sich aus ihr zurück.

»Es ist Zeit für den Schmerz. Ich werde aufhören, wenn du mich darum bittest.«

Er trat wieder hinter sie und zog die Hälften ihres Pos mit beiden Händen langsam auseinander. Sie zappelte unwillig, hatte Angst, dass er sein Glied, dessen Spitze ihre feuchten Schamlippen berührten, sie ein winziges Stück auseinander drückten, in die enge Öffnung zwischen den beiden Rundungen stoßen wollte. Der Gedanke daran war da, eine eindringliche Stimme, die ihm einflüsterte, dass er dem Drang, den er verspürte, nachgeben könne und müsse, die ihm suggerierte, dass es genau das war, was sie tief in ihrem Inneren ohnehin erwartete – gefürchtet und doch heimlich herbeigesehnt. Aber er kannte sie zu gut, er wusste, dass er nicht auf die Stimme hören durfte. Sie hatte ihm ein Versprechen abgenommen, und es war eine der wenigen Bedingungen gewesen, die sie am Beginn ihrer Beziehung gestellt hatte. Ja, er würde sie bestrafen, aber er würde sein Wort nicht brechen. Doch sie hielt es für möglich – auch für sie war das hier mehr, als eines der wohlbekannten Spiele.

Sie war über den überraschenden Rückzug von ihm etwas irritiert, aber verstand. Er hatte noch etwas anderes vor und sie wusste auch, dass sie die Rute niemals ohne Grund hatte abschneiden müssen. Jetzt beruhigte sich auch ihr Atem wieder ein wenig. Ein leichter Schauer ging durch ihren Körper. Angst vor dem Schmerz, Erwartung und Sehnsucht vermischt in einer Erregung, die sie nicht beschreiben konnte.

Als sie spürte, wie er hinter ihr stand und ihre Pobacken auseinanderzog und sie seinen Schaft an ihren Schamlippen spürte, stockte ihr kurz der Atem. Die Angst verstärkte sich, doch diesmal war sie anders. Sie hatte Angst davor, dass er etwas tun würde, von dem sie vereinbart hatten, dass es tabu war. Wobei sie manchmal davon träumte, dass er ihre Abmachung brach und er die Grenze dieses Tabus verschob. Sie hatten nicht viele Dinge vereinbart, die für sie ein No-Go waren, damals am Anfang ihrer Beziehung. Und im Laufe der Zeit waren sie einige Schritte gegangen, von denen sie nie gedacht hätte, dass sie dazu in der Lage war, diese Grenzen zu überschreiten. Die meisten Erweiterungen gingen sogar von ihr aus, als sie fühlte, dass sie bereit dafür war. Doch noch nie hatte sie zugelassen, dass man sie auf diese Weise nahm. Und doch manchmal, wenn sie besonders heiß war, wünschte sie es sich doch, dass er es wagen würde. Warum dieses Gefühl aufkam, konnte sie nicht einmal sagen, denn ihre Angst davor war noch immer groß.

Doch auch diesmal hielt er sich daran. Stattdessen traf der erste Schlag hart ihr Hinterteil. Sie hatte ihre Muskeln angespannt, vielleicht, weil sie dachte, er dringe von hinten in sie ein, vielleicht auch, weil sie wusste, dass der Schlag kommen würde. So sehr war sie gefangen in diesem Spiel heute, dass sie es nicht genau zuordnen konnte. Dort wo die Rute sie traf, brannte ihr Hinterteil. Sie schluckte leise und versuchte ihre Atmung zu kontrollieren, den Schmerz zuzulassen, eins werden zu lassen mit ihrer Lust.

Er trat einen Schritt zurück und ließ die Rute durch die Luft pfeifen. Sie hatte einen Hieb erwartet und spannte unwillkürlich ihre Muskeln an, um vor dem Schlag zurückzuweichen. Sinnlos, sie war bewegungsunfähig an den Tisch gefesselt. Der erste Hieb quer über ihren Hintern hinterließ eine dünne rote Strieme auf der straff gespannten Haut. Kein Laut von ihr, nur ein scharfes Einatmen. Aber er sah, wie sich die Sehnen ihrer Arme spannten, während ihre Hände vergeblich versuchten, sich von ihren Fesseln zu befreien. Er wartete, ließ diese erste, intensive Welle des Schmerzes in ihrer Gänze wirken, gab ihr Zeit, sich bedrohlich aufzutürmen und langsam, pochend zu verebben. Als er sah, wie sich ihre Muskeln langsam entspannten, fuhr er fort, gleichmäßig und ohne Eile, darauf bedacht, dem Schmerz Zeit zu seiner Entfaltung zu geben – doch schnell genug, um jede Hoffnung auf eine Pause im Keim zu ersticken. Jeder seiner lustvoll geführten Hiebe spannte ihren Körper, hinterließ eine weitere Spur geröteter Haut auf den erregenden Rundungen ihres Gesäßes, verschaffte ihm die ersehnte Genugtuung. Ihr scharfes Atmen wich unterdrücktem Stöhnen, das sich in leise Klagelaute verwandelte. Er gab sich Mühe, mit jedem Hieb unversehrte Haut zu treffen, aber der Bereich wurde immer kleiner.

Angespannt am Tisch gefesselt, bemühte sie sich, sich auf die nächsten Hiebe vorzubereiten. Ihr blieb nicht viel Zeit dazu, er begann ohne weitere Vorwarnung. Fest und konsequent schlug er zu, doch immer mit einer kleinen Pause zwischen den Schlägen, die sie aber nur kurz entspannen ließ. Sie hatte das Gefühl, dass er diesmal mehr Kraft für ihre Bestrafung aufwendete als sonst. Ihr Po brannte bald überall. Sie hatte das Gefühl, dass er keine Stelle ausließ. Die Tränen, die sie versucht hatte zu unterdrücken, liefen nun über ihr Gesicht.

Lange würde sie das nicht mehr aushalten, sie wimmerte und wollte stark sein. Doch sie konnte ihr Schluchzen nicht mehr zurückhalten. Sie weinte und gab dennoch nicht nach. Nein, sie wollte mehr. Sie fühlte die Erregung, die der Schmerz verursachte. Etwas, was sie bis heute nicht verstand. Wie kann man so geil sein, wenn der Schmerz so groß ist? Und doch war es so, immer und immer wieder. Sie wollte sich darin verlieren und sie wollte ihn stolz machen. Sie würde die Worte nicht aussprechen. Niemals! Er würde vorher aufhören, das wusste sie, denn er kannte ihre Grenzen. Sie hoffte darauf. Trotzig hob sie den Kopf, wollte ihn zu ihm drehen und lächeln. Doch der nächste Hieb folgte und sie wimmerte lauter auf. Sie spürte nur noch Schmerz. Ihr Hintern fühlte sich an, als ob darauf jemand ein Feuer entzündet hatte.

Doch sie sagte kein Wort.

Als die Spuren der Rute begannen sich zu kreuzen, als er im Klang ihres lauter werdenden Klagens Tränen hören konnte, da hielt er inne, wartete auf den erlösenden Satz. Sie hob ihren tief nach unten gesenkten Kopf und drehte ihn ein winziges Stück in seine Richtung. Doch sie blieb stumm.

Als er aufs Neue ausholte, lag in der Kraft seiner Hiebe nicht mehr nur der Wille, sie zu strafen, nicht nur die Lust des Moments. Er wollte es beenden. Beim Fauchen des ersten Hiebes hatte sie ihren Kopf wieder demütig zwischen ihre Schultern gesenkt. Die scharfen Bisse der Rute ließen sie erzittern, sie leise aufjaulen, doch im Klang ihrer Stimme lag etwas Endgültiges, das eine tiefe Saite in seinem Inneren zum Vibrieren brachte. Sie würde nicht aufgeben, er würde ihr die Bitte aufzuhören, nicht entlocken können.

War es Trotz, wollte sie ihm ihre Tapferkeit beweisen, ihre Demut? Wenn er jetzt fortfahren würde, würde sie tagelang nicht richtig sitzen können. Er ließ die Rute sinken und legte seine Hand sanft auf ihren Rücken, knapp oberhalb des Ansatzes ihres Pos, darauf bedacht, die brennende, schmerzende Haut nicht zu berühren. Ihr Atem wurde ruhiger, und sie hob ihren Kopf, stolz und gerade, ohne ihn anzusehen – wartend.

Als er vor ihr tränennasses Antlitz trat, hatte es einen Ausdruck, als hätte sie gerade einen großen Sieg errungen. Hatte sie ihn besiegt, den Schmerz, oder sich selbst, in dem sie ihre Grenze wieder einmal ein Stück weiter verschoben hatte?

Er wusste es nicht.

Plötzlich hörten die Schläge auf. Es war vorbei, das wusste sie, bevor sie hörte, wie er die Rute weglegte. Innerlich musste sie lächeln, äußerlich war sie momentan dazu nicht imstande. Sie hatte gewonnen, sie war stärker als er. Normalerweise war das nicht ihr Ziel, heute jedoch hatte es einen unerklärlichen Reiz auf sie ausgeübt. Sie wollte ihm beweisen, dass sie für ihn alles ertrug und dies mit einer bedingungslosen Hingabe, die gleichzeitig ihre Liebe zu ihm ausdrücken sollte. Und sie hoffte, dass er stolz auf sie war. Er kannte sie gut genug, um das zu erkennen.

Als er sie losband, wollte sie ihm zeigen, wie sehr sie ihm ergeben war und griff sofort nach seinem Glied, um ihn mit ihrem Mund, ihren Lippen, ihrer Zunge und ihren Händen zu verwöhnen. Sie wollte, dass er sich entspannte, dass er sich fal-

len ließ und sich ihr öffnete, ihr seine Lust schenkte. So wie er ihr Lust schenkte. Immer und immer wieder. Sie war ihm so dankbar dafür, dass er sie so nahm, wie sie war, dass sie beide so gut zusammenpassten. Es war für sie das Größte, ihn zu verwöhnen.

Seine Erektion war hart und er kam schnell. Er ergoss sich in ihrem Mund und sein warmer Saft rann ihren Rachen hinunter. Genüsslich nahm sie jeden Tropfen in sich auf. Sie war zufrieden, glücklich darüber, dass er ihr Herr war. Als sie die Klammern von ihren Nippeln löste, musste sie sich noch einmal zusammenreißen. Das Lösen verursachte meist noch mehr Schmerz als das Befestigen. Besonders wenn sie so lange an ihren Nippeln verweilten wie heute. Er bemerkte nicht, wie sie erneut fast nach Luft schnappte. Als der Schmerz verebbt war, konnte auch sie sich entspannen. Alle Anspannung fiel von ihr ab und sie spürte die Erschöpfung, die sich in ihrem ganzen Körper ausbreitete.

Nachdem er ihre Hände losgebunden hatte, griff sie sofort nach seinem Schaft, rieb ihn, streichelte ihn und führte ihn an ihren Mund, um ihn mit ihren Lippen festzuhalten, ihn mit ihrer Zunge zu umspielen, daran zu saugen. Ihre Hände massierten sanft seine Hoden, pressten sie zärtlich, genau so, wie er es liebte, so wie er es brauchte. Als er sich zuckend in ihr ergoss, schien sich in ihrem Gesicht ein zufriedenes Lächeln abzuzeichnen, schien in ihren Augen ein entrückter Glanz zu liegen. War er es gewesen, der die Kontrolle gehabt hatte? Er war sich nicht sicher.

Sie löste mit einem erleichterten Ausatmen vorsichtig die beiden Klammern von ihren Brüsten und ließ sie achtlos zu Boden fallen. Er fasste stumm ihre Hand, und sie erwiderte seinen Griff, hielt seine Hand fest. Er lauschte ihren ruhiger werdenden Atemzügen.

Es war Zeit, sich um ihre wunde Haut zu kümmern. Er nahm Eis aus dem Kühlschrank, trat hinter sie und fuhr mit den kleinen Würfeln sanft die Striemen nach, jeden Einzelnen. Die Kühle schien ihr zu gefallen. Die erhitzte Haut ließ das Eis schmelzen, Wassertropfen liefen ihre Pobacken, ihre Schenkel hinab und hinterließen winzige Pfützen auf den Dielen des Fußbodens. Einige Tropfen verirrten sich zu ihrer Scham, vermischten sich mit ihrer Nässe, schienen sie angenehm zu kitzeln und entlockten ihr wohlige Laute. Nachdem das Eis verbraucht war, trocknete er sie vorsichtig ab und band ihre Füße los, die in den wunderschönen Schuhen steckten, die sie ausgesucht hatte, um ihm zu gefallen.

Zurückschicken? Natürlich nicht.

Er trug sie ins Bett und dafür war sie ihm so dankbar. Sie hätte sich kaum noch auf den Füßen halten können. Das wusste sie, sagte sie ihm aber nicht. Vielleicht hatte er es auch gespürt, sie konnte es nicht sagen, aber das war in diesem Moment auch egal. Nachdem er sie sanft ins Bett gelegt und von ihrer engen Korsage befreit hatte, spürte sie seine Hände über ihren Körper gleiten. Sie hatte die Augen geschlossen und ihr ganzer Körper entspannte sich immer mehr. Er deckte sie zu, als er merkte, dass es sie fröstelte und strich so unendlich zärtlich über ihre Haut, immer tiefer ...

Nein, es war genug. Es passte genauso, wie es war. Sie wollte jetzt nicht weitergehen, es würde sie nur von dem ablen-

ken, was wichtig war. Denn sie war glücklich. Glücklich, so wie es jetzt war, nur seine Hände sollten sie nicht loslassen. Sie wollte einfach nur seine Nähe, dass er sie hielt, bis sie eingeschlafen war. Einfach, dass er da war. Sicher hätte er es mit Leichtigkeit geschafft, sie dazu zu bringen zu kommen, aber das war nicht ihre Priorität, nicht heute!

Sie war sein, weil SIE es so wollte. Nur das zählte.

Er hob sie an, um sie auf seinen Armen ins Schlafzimmer zu tragen, und sie schien seltsam leicht, schien von einer Last befreit, von der er nicht wusste, ob er sie verursacht, oder sie von ihr genommen hatte. Vielleicht beides. Im Bett löste er die Schnüre ihres beengenden Kleidungsstücks, und als sie nackt vor ihm lag, da schien es fast, als würde sie schlafen.

Sie war so schön, schöner noch als am Morgen.

Er legte vorsichtig eine Decke über sie, bedeckte die Gänsehaut auf ihren Oberarmen und legte sich zu ihr, um sie zu wärmen. Sie lag ruhig – beinahe gelöst – mit geschlossenen Augen neben ihm, und er hörte in ihren Atemzügen, dass noch nicht alles gesagt, dass noch nicht alles getan war. Er küsste sanft ihren Nacken, fuhr mit der Hand die Konturen ihrer Brüste nach, strich auf ihrer nackten Haut entlang nach unten, über ihren Bauchnabel und weiter, wollte ihr Zentrum erreichen, ihre Lust zur Erfüllung bringen.

Doch sie hielt seine Hand fest.

»Ich bin dein. Ohne Bedingungen.«

Sie hatte leise gesprochen, aber der ruhige, zufriedene Klang ihrer Stimme ließ keinen Zweifel daran, dass sie alles hatte, was sie begehrte.

Sie war ein Rätsel, sein wunderschönes Rätsel.

Über die Autoren:

Sex, besonders die Spielart abseits des Gewöhnlichen, ist für *H.R. Gérard* etwas Wundervolles – ebenso wie das Schreiben. Erotische Geschichten zu verfassen bedeutet für ihn, Angenehmes mit Angenehmen zu verbinden.
Online: www.hrgerard.com

Eve Bourgeon hat als Kind schon Bücher regelrecht verschlungen. Doch irgendwann wollte sie selbst schreiben, erst nur für sich, dann für diverse Agenturen. Eve ist schon immer sehr gern kreativ unterwegs, und als der erste Verlag Interesse zeigte und ihr erstes Buch heraus brachte, ging ein Traum in Erfüllung. Sie schreibt gern sinnliche, erotische Geschichten, die einladen zum Träumen und den Alltag einmal vergessen lassen sollen. Schreiben befreit und inspiriert sie zu immer wieder neuen Geschichten. Schreiben ist Ihre Leidenschaft. Und Leidenschaften sollten ausgelebt werden. Ob es immer bei Erotik bleibt, wer weiß. Es gibt noch so vieles zu entdecken...
Online: www.eve-bourgeon.com